그 아이에게 물었다

창비
청소년
시 선
12

그
아이에게
물었다

한상권 시집

창비

제2부

수학에 대한
변명

제4부 ●

**너의
목소리가
보여**

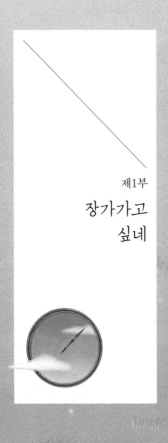

제1부

장가가고
싶네

농구공

나는 공이 좋아 너를 닮은 공
우린 해가 기울어도 공을 던지지
나는 공이 좋아 허공을 흔드는 공
너와 함께 공중으로 손을 뻗으면
아직 몰라도 되는 허공이란 없지
나는 공이 좋아 광활한 허공
공중에서 너와 부딪치는 전율
나는 뛰어오를 거야,
너와 함께 어떤 것도 반짝이는 지금

오 단 서랍장으로 바꾸어야겠다

수건 좀 꺼내 줘,
거기 세 번째 서랍에서.
나는 잠시 스마트폰을 내려놓고
엄마, 여기 속옷밖에 보이지 않는데?
하고 말했다. 엄마는 대뜸
거기 세 번째 서랍 맞아? 하고 물었다.
으응, 수선화와 유채 같은 속옷만 가득!
그러자 물이 뚝뚝 떨어지는 소리 위로
살짝 겹쳐 높아지는 소리
아니 거기 말고, 위에서 세 번째!
아아 밑에서 세 번째 서랍은 서럽다.
때로 엄마와 나 사이에
세 번째 서랍에 대한 기준이 없다.

자두나무 아래서

자두나무 아래서
평상에 그 아이와 앉아서
음료수도 마시고 영화 이야기도 하면서
가슴이 두근거리기도 한 것인데
갑자기 빗방울이 하나둘씩 떨어졌다.
그 아이의 연둣빛 새 옷은 젖으면 안 되니까
평상 밑에 있던 비닐우산 하나를 펼쳐
자두나무 위에 살짝 걸었다.
그리고 그 아이가 사 온 빵을 함께 먹는데
비가 한 방울씩 더해 오니까
들고 있던 스케치북과 수학 연습장을 연결해
자두나무 위에 또 걸었다.
다행히 비가 잦아들면서 한풀 꺾인
평상의 물방울들을 양말로 쓱쓱 닦으면서
그 아이의 눈빛을 슬쩍슬쩍 살폈던 것인데
그 아이의 눈 속에 내 눈이 들어갔는지
나는 그 아이가 이제 그만 가자고 할까 봐
고개를 돌렸다가 까르르 웃었다가 할 사이에

평상 위의 빗방울이 사금파리처럼 반짝거렸다.

다행이다*

세호가 체험활동 보고서를 내지 않았다.
어제 나눠 준 보고서를
모두가 제출했는데
조별로 자연 관찰을 하고 온 것인데
세호는 주저하는 얼굴빛만 가득하다.
같은 조 아이들의 깔깔 웃는 소리에
어디 책상 밑으로 숨을 기색이지만
세호가 뒤늦게 연습장에 적어 낸
무형식의 보고서를 읽고
우리들은 모두 할 말을 잃었다.

염소가 귀여워 가까이 다가갔다
염소가 갑자기 내 보고서를 낚아챘다.
나는 본능적으로 염소를 붙잡으려다
보고서의 일부만 붙잡고 나가떨어졌다.
아이들이 까르르 웃었지만 그래도 다행이다.
보고서 모서리에 스테이플러 심이 박혀 있었기 때문이다.

* 이강룡 『디지털 시대의 글쓰기』의 예화를 변주함.

흙을 요리하다

학교 화단에 앉아
정육면체 모양으로 흙을 파 보았다.
마치 모종삽으로 빚은
초콜릿케이크 같다.
작은 돌조각과 나무뿌리와
나무의 숨소리가 층층이 붙어 있다.
가까이 코를 대 보면
어린잎 냄새가 다가온다.
약간의 습기까지 품고 있어서
틀림없이 온갖 토양 미생물들이
수많은 날 햇빛과 빗물과
동물의 뼈를 감싸 안았을 것이다.
모두 둘러앉아
흙을 눈과 손으로 이해하는 시간,
흙이 이리 맛있게 보이다니
나는 층층이 쌓인 흙을 입에 대고
꽃과 나무가 요리한 흙의 저녁을
이리 맛있게 맞이하는 것이다.

부력

부력에 대해 공부하다가
갑자기 내 몸의 중심에서 터지는
부력이 궁금했다.
봄 여름 갈 없이 붕붕 솟아오르는
깊고 묘한 이 부력은 또 뭐란 말인가.
소광리 금강송보다 곧고
수원 화성의 거중기보다 단단한,
앙앙 대체 이게 뭐란 말이야.
새로 산 책도 눈에 안 들어오고
밤하늘 별들에 털어놓지도 못하고
느닷없이 터진 비밀 전쟁 같은,
대체 이게 무슨 청천벽력이란 말인가.

팔뚝 살

얼굴도 고상하고
말씀도 조곤조곤 하시는
교양 선생님.

여름 셔츠 사이로 살짝 나온
팔뚝 살을 보고
누군가 악의 없이
우와 팔뚝 봐,
무심코 툭 던진 한마디에
너희도 내 나이 돼 봐
하실 줄 알았는데
어, 얼굴이 빨개졌다.
선생님도 상처를 받았나 보다.

명찰 검사

초록색 명찰을 달아야 하는데
빨간색 명찰을 달아 오고
왼쪽 가슴 위에 달고 와야 하는데
오른쪽 가슴 위에 달아 오고
가슴 포켓 밖에 달아야 하는데
포켓 안에 넣어서 달고 온다.

명찰 하나로 며칠째 숨바꼭질이다.
그래, 대체 너의 정체가 뭐야?
명찰 하나 다는데, 아무 색깔
아무 위치면 안 되나요?
제 얼굴 봐요, 이까짓 명찰 없어도
나는 나, 나라구요!

나쁜 자식, 누가 너의 이름을 몰라
명찰 달고 다녀라 하였을까.
명찰이 없다고 존재가 사라지나요?
명찰이 있을 때 존재가 분명해지지.

명찰이 없어도 너는 너지만
나는 오늘도 막무가내로 너의 명찰만 본다.

장가가고 싶네

박지원은 열여섯 살에 장가를 들고
정약용도 열다섯 살에 장가를 들고
아니, 홍명희는 열세 살에 장가들어
열다섯 살에 첫 아이를 낳았다는데
그것이 자연의 순리라며 살았다는 것인데
나는 지금 이팔청춘
장가 대신 대학 가는 법을 먼저 고민해야 해.
미로 같은 영어책 수학책 속에서
하루 종일 빠져나오질 못하고,
나 춘향이 같은 한 소녀를 좋아하지만
소월보다 백석보다 더 사랑할 자신 있지만
대학 갈 때까지 참으라는 말만 거듭 듣네.
불안도 눈물도 혼자보다는 너와 함께
왜 안 돼. 나, 지금 장가가고 싶네.
이팔청춘 더하기 이팔청춘은 너무 멀어
나 열여섯만큼의 세상을 사랑할 자신 있는데
오늘도 풀리지 않는 대학의 수식에만 갇혀 있네.

심야 자습을 마치고

밤 12시에 집에 오니
매운맛 우동이 나를 유혹한다.
이거 분명 살찌는 느낌 맞는데
요즘 왜 이리 배가 고픈지 모르겠다.

수학책을 하루 종일 펼쳤지만
어떤 길도 풀어내지 못한 하루
노동 생산성 제로의 비애를
뜨거운 우동 국물로 풀어 볼까.

그래도 오늘 밤은 참아야겠다.
내가 좋아하는 선생님이
내일 아침 정문 지도 하실 때
통통 부은 얼굴을 보여 줄 수 없다.

삼선쓰레빠

얀 마텔의 『파이 이야기』를 읽다가
톰 행크스의 「캐스트 어웨이」를 보다가
나도 몰래 눈물이 날 뻔했다.
벵골호랑이 리처드 파커와 배구공 윌슨과
한 번도 거들떠보지 않던 마음들끼리
서로 의지하고 있었기 때문이다.

내게도 그런 존재가 있었던 것일까.
다리를 다친 할머니 대신 시장을 보려고
낡은 삼선쓰레빠를 신고
급하게 두부 사러 달려 나갔다가
오른쪽 쓰레빠 발등이 떨어져 나갔다.
지난주에 붙인 오공본드도 강력하지 못해
다시 몇 겹의 고무줄로 묶어 놓았는데
벌써 요것이 내 곁을 떠나갈 모양이다.

떨어진 한쪽 쓰레빠를 쓰레기통에 버리려는데
그동안 요동치는 내 발을 위해

어디든 가 보지 않은 곳이 없는 쓰레빠가
내 몸의 절반이 떨어져 나간다는 생각이 들었다.
그래서 나도 모르게 한 손엔 두부를
또 다른 손엔 삼선쓰레빠를 들고
천천히 해 지는 저녁 길을 걸어가는 것이다.

피에로

입가에 손가락을 대고
양 볼을 살짝 당겨 보았다.
굶주린 새끼 호랑이를 닮았다.
두 눈썹 위에 양 손가락을 올려
하늘 쪽으로 밀어 보았다.
성난 새끼 사자를 닮았다.
안면 근육을 모아 찡그리다 웃어 보았다.
숲으로 가는 새끼 곰을 닮았다.
어려서 되지 않는 얼굴은 없었다.
하지만 내 안에 무엇이 움트는지
얼굴이 붉었다 푸르렀다
나는 왜 그 아이만 보면
내가 누구인지 잊어버리는 걸까.

쥐똥나무의 질투

저 멀리 있는 쥐똥나무가
푸른 속잎을 흔드는 것 보면
어쩜 저리 예쁠까요.
나도 몰래 연둣빛 속잎을 반짝이며
크게 손을 흔들어 봐요.

그런데 내 옆에서 눈부신 그를 보면
분명 저 멀리 있는 나무보다 좋지만
나와 참 잘 어울린다 생각하지만
가끔씩 재미있는 새는 보여 주고 싶지 않고
맛있는 햇살은 나 혼자 갖고 싶고
나뭇잎 흔드는 비밀에 대한 정보는
그에게만은 말하고 싶지 않죠.
먼 길 함께 보듬어야 할 나무들끼리
이거 분명 잘못된 거 맞죠.
왜 그런 거죠.

잘못된 상담

서울대에 합격한 녀석이
고민이 있다고 했다. 심각한
표정은 아니어서 먼 산을 보며 들었다.

학력 차이가 조금 있어도 괜찮을까요.
무슨 상관일까.
전문대에 다닌다면요.
천문대에 가 본 적 있느냐, 어떤 별
어떤 사람으로 바라보느냐가 중요하지
다른 사람 눈보다 둘의 눈 안에서.

어떤 노력이 필요할까요.
비슷해서 좋은 것은 더 비슷하게 하고
달라서 좋은 것은 더 존중해야겠지.
말처럼 잘할 수 있을까 싶어요.
제대로 할 자신 없으면 그만둬야지.
아니, 그건 아니고요.
세월이 흐른 뒤에 알 수도 있겠는데

그거 모르고 살아가는 이가 대부분이야.

저도 잘은 모르겠지만
지식과 학력과 권력 같은 것들이
별들처럼
순결하게 나누는 것이었으면 좋겠어요.

손톱인권위원회

내 손톱이 길다고 선생님은
이상한 눈빛으로 본다.
주말에 그것도 집에서
내 손톱에 고양이 장식 좀 했다고
엄마도 못 말리는 애 취급한다.
그냥 깎을 시간이 없어서
못 깎은 것이고
못 깎고 기르다 보니 개성도 있고 예뻐서
지나는 잠자리 한 마리 앉을 듯 예뻐서
안 깎은 것이다.
어른들은 이런 모습을 싫어한다.
그냥 손톱 긴 것을 걱정하는 것이 아니라
나를 덜 좋은 아이쯤으로 보는 것이다.
수능 끝나고 손톱인권위원회를 만들어
대한민국 학생의 손톱을 보호해야겠다.

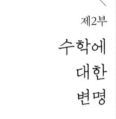

제2부

수학에
대한
변명

비겁하다 반칙이다

너의 마음을 보여 주지도 않고
나의 마음을 가로채는 것

화장실에 앉아

화장실에 살짝 들어가
카톡을 확인하는데
보고 싶다는 너의 말 한마디에
하얀 변기가 구름처럼 치솟는다.
아니 변기를 타고 날아가는 마법이라니
지붕을 뚫고 허공을 뚫고
느닷없이 내 몸이 수직 상승한다.
지나가던 나비가 깜짝 놀라 물러서고
숲속에서 알을 깨고 나오던 뻐꾹새
허공에서도 탁란 중이냐며 어리둥절해한다.
구름 위에 붕붕 떠 있다는 말
흰 당나귀가 응앙응앙 운다*는 말
이제 조금 알 것 같다.
벚꽃이 피어도 그리 외면하더니
보고 싶다^^는 말
이거, 허공에서 잘못 날린
구름문자는 아니겠지.

* 백석 「나와 나타샤와 흰 당나귀」의 한 구절.

가로수 그늘 아래서

약을 먹었다는 너의 소식에
무슨 약을 얼마만큼 먹었는지
너의 손을 잡아 주면
혼자서 먼 길 거뜬히 걸을 수 있는지
아무 자신이 없어
전화 소식을 듣고도 딴 걱정만 했다.
한 달에 조금씩 들어오는 보조금만큼이나
누군가 옆에서 어제 본 드라마 줄거리를
함께 들어 주는 사람이 필요해 보이는데
우리는 모두 해설자가 되어
너를 분석하고 재단하고, 끝내는
거칠고도 단순한 범주 속에
서둘러 너를 넣으려고만 했다.
우리가 가로수 그늘 아래서
오늘의 온도와 습도, 미세 먼지만 보고
자꾸 야위어 가는 가로수를 보지 못할 때
가로수의 가장 멀리 있는 나뭇잎처럼 흔들리다가
너는 말없이 우리 곁에서 멀어져 갔다.

대명동 소피스트

　야간자율학습 마치기 얼마 전, 단체로 무릎 꿇는 벌을
내렸다. 타율의 정적을 정독할 수 없는 어느 교실, 그야말
로 즉흥적 선언문을 던지고 복도로 이동하는데, 볼이 붉은
한 녀석이 조용히 뒤따라와 물었다. 내가 잘못하지도 않은
일로 왜 내가 벌을 받아야 하는지 모르겠다고 했다. 갑자
기 녀석과 나 사이에 구름산성 하나가 들어섰다. 고놈 참,
명료하군. 그러나 너는 지금 나와 다른 곳을 보고 있다. 그
러자 너는 말을 더 이을 듯 머뭇거렸다. 평화롭지 않은 밤
공기를 쓸어 넘기며, 그렇다면 남아서 이야기 좀 더 하자
고 했다. 그러는 사이 다른 아이들은 돌아가고 나는 너와
함께 공기 무거운 진학실로 향했다. 구름산성이 긴 복도를
밀치며 뒤따라왔다. 냉장고 속 청량음료 한 병을 내밀며
오늘 너의 몸보다 마음이 더 무거웠다면 앞으로 한번 생
각해 보겠다고 했다. 그러나 새로 축조된 산성이 그리 쉽
게 무너질 리 있나. 너는 침묵했고 나는 잠시 결이 다른 도
덕률을 꺼냈다. 이것은 일방적인 반성의 공유가 아니라 너
와 너 주변을 함께 살피는 반성의 연대, 그 정도로 가볍게
생각해 보라고 했다. 너는 다른 것은 몰라도 무릎 꿇는 것

은 정말 자존심이 상한다고 했다. 창문 밖 봄바람이 조금씩 우리 사이로 넘나들 때 너는 작은 목소리로 한마디 덧붙였다. 오래전부터 생각한 건데 무릎을 꿇는 것은 정말로 비겁한 거잖아요. 아니지, 존경과 복종과 참회가 다르니 어떤 상황인가도 한번 살펴봐야지. 그렇다면 이건 어떠냐. 너와 함께 한 번도 가 보지 않은 길을 나섰다가 뜻하지 않게 내가 무릎을 꿇어야 너를 구할 일이 생긴다면 나는 어떻게 해야 할까. 반대 상황이라도 좋다. 이건 송파 나루에서 삼배구고두례*하는 것과는 다르잖아. 너는 왜 무릎 꿇는 일에 다른 퇴로를 막고 섰는지 궁금하군. 꽃이 피고 지는 일이 아니라 말하기 힘든 무슨 청천벽력이 있었다는 거냐. 아니요, 언젠가부터 자연스럽게 받아들였어요. 내가 읽은 책 속에도 그런 이야기가 많았어요. 굳이 어떤 책이냐고 묻지 않았다. 먹구름과 너의 얼굴 뒤에서 잠깐잠깐 부드러운 바람이 불어왔다. 나는 가끔 내 앞을 지나는 작은 불의를 보고도 아무 일 아닌 듯 지나칠 때 부끄러움을 느끼는데 너는 지금 무릎을 꿇으면 비겁해진다는 거잖아. 하지만 그것은 너무 강한 폭풍, 단 한 번에 감당 못 할 상처를

남길 수도 있지. 늦었으니 오늘은 돌아가고 다음에 한 번
더 이야기하자. 나는 무거운 가방을 메고 돌아서는 너를
보며 자율과 타율의 제대로 된 범주도 보여 주지 못하고,
손 한 번 따뜻하게 잡아 주지도 못했다. 그런데 그날 밤 꿈
에 너는 구름산성에서 내려와 깔깔 웃고 있었지. 어린 시
절 구구단을 빨리 못 외워, 무릎 꿇고 나무 교실 바닥을 양
초로 닦고 있던 내 옆으로 다가와 너도 함께 말없이 바닥
을 닦으며 말야.

---

* 삼배구고두례(三拜九叩頭禮). '삼궤구고두례'라고도 함. 중국 청나라 때
  신하가 황제를 배알할 때의 자세로, 한 번 꿇어앉아 세 번 머리를 조아
  리고 일어서는 동작인데, 이것을 세 번 되풀이하는 것. 인조는 병자호란
  때 삼전도에서 청나라 태종에게 이렇게 머리를 조아리고 절하며 항복
  의식을 치렀음.

헤겔의 휴일

「헤겔의 휴일」*이라는 그림을 보다가
고것 참, 저 어긋남의 화법에 대해
나도 몰래 웃음을 터뜨리다가
야간자율학습 조퇴를 하러 찾아온 너에게
느닷없이 꿈이 뭐냐고 물어봤잖아.
꿈을 강요받고 있다고 말할 듯
머뭇거리는 너에게, 그러면 우산 위에
유리컵을 세운 저 상상력이 어떠냐고 물었다.
그러자 너는 목마른 화가가 휴가지에서
물을 마시기 직전에 떠올린 수도꼭지 같다고 했다.
내가 웃음을 짓자, 너는 꿈을 말하지 않았다고
꿈을 꾸지 않는 것은 아니라고, 가슴속에
정답 없는 질문거리가 많다고 했다.
그래도 질문을 많이 품고 있으면 괜찮겠다고
당장 답할 수 있는 것이 많지 않아도
모든 질문 때문에 너의 길이 열리겠다고 했다.
갈증은 갈증을 벗어나기 위해 필요한 것
한 개의 답만이 정답인 길로 서두르는 세상과

한 개의 답만이 정답이 아닌 길로 나서려는 너에게
유리컵과 우산 사이에도 많은 길이 있겠다고
자꾸 어긋나도 질문과 질문 사이를 찾아보라고
저 그림이 끊임없이 말하고 있는지도 모르겠다.

* 르네 마그리트의 그림.

왼발을 위한 세레나데

깁스를 한 이후 왼발이 얌전해졌다.
축구공을 보아도 그냥 지나치고
꽃이 피어도 고요히 바라본다.
노을 드는 저녁 창가에 앉아 있으면
하얀 붕대 속으로
빼꼼히 내민 발가락 끝만 보이는데
옆에서 지켜보던 오른발이 킥킥,
발가락도 구부렸다 펼쳤다 신이 났다.
아니 왼발도 오른발의 장난이
자신을 위로하는 세레나데인 줄 알고
제자리에서 위 아래 위 아래
가볍지 않은 무게를 흔들어 본다.
목발이 옆에서 찡긋 눈을 맞춘다.

주먹

주먹을 쥐면 심장이 뛴다. 주먹을 쥐면 꽃이 피고 주먹을 쥐면 바람이 분다. 신기하게도 내 주먹 안에는 별이 빛나고 파도 소리 넘실대고 내 친구의 숨소리가 깻묵처럼 흩날린다. 하지만 엄마는 주먹 대신 자꾸 하늘을 보라고 한다. 주먹으로 남의 빈틈을 노리기보다 주먹을 펴고 세상을 어루만지라고 한다. 허공을 향해 주먹을 뻗으면 나도 몰래 포플러처럼 힘의 가지가 솟아나는 것인데, 나는 대체 잘 모르겠다. 엄마는 세상에서 나를 가장 잘 알면서도 나를 가장 잘 모른다.

지각대장 한스의 거짓말*

버스에서 내려 횡단보도로 달리는데
빨간불이 켜졌습니다.
나는 순간적으로 멈춰 섰습니다.
그런데 저 앞에서 고릴라 한 마리가
정지선을 무시하고 가벼이 넘어갔습니다.
발을 동동 구르다가 뒤늦게
고불고불 등굣길을 달려 교문에 들어선 순간
너 이리 와, 하고 악어 한 마리가
내 늦은 사정도 모르고 게으른 오리처럼 몰아세울까 봐
급할 땐 작은 신호 위반 정도는
괜찮지 않을까 생각도 했습니다.
벌칙으로 운동장 반 바퀴를 겨우 돌다
조심조심 교실에 들어선 순간
털북숭이 무쇠 고릴라가
왜 지각했어라고 불호령을 내릴까 봐
나도 몰래 작지 않은 목소리로
나비 한 마리가 신호등 앞에서 내 팔을 잡았어요
어떤 고양이가 내 다리를 오락실로 끌었어요

사자가 코뿔소와 싸우는 것 구경했어요라고 했습니다.
오후에 혼자서 집으로 돌아갈 때
소나기가 내 가방을 다 적셨을 때
다시는 그런 거짓말 하지 않겠다 다짐했습니다.
아버지한테 보낸 것 같은 해고 통지 문자가
내 휴대폰에 가득 찍혀 있었기 때문입니다.
당분간 아침 식사 당번은 내가 맡아야 하기 때문입니다.

* 존 버닝햄『지각대장 존』을 변주함.

할머니와 함께 춤을

어제 알바하고 돌아오는데
공원 길에서 우연히 본 어떤 할머니가
스마트폰으로 셀카를 찍고 있었다.
낡아 가는 당신의 모습이 보기 싫다고
우리 할머니는 사진을 좀처럼 찍지도 않는다.
아니다, 우리 할머니는 지금껏
당신을 돌아볼 시간이 없었던 것이다.
이유는 단 하나 아직 혼자서 나를 돌보고 있다.
지난번 알바비를 못 받고 쩔쩔맬 때
그 약한 몸으로도 무사처럼 나서서 해결해 주었다.
문제는 나도 가끔씩 할머니를 돌본다고 생각하는데
할머니는 자꾸 당신이 나를 돌본다고 우긴다.
나 혼자서 아무 책이나 잘 보고
아무거나 잘 먹고 아무 데나 잘 다니는데도 말이다.
그러니 할머니 학교엔 제발 오지 마.
학교 빼먹지 않고 씩씩하게 잘 다닐 테니까
별일 없으면 점심은 꼭 먹고 나갈 테니까
어디 성한 데도 없으면서

학교 오다가 돌부리에 걸려 넘어지면 안 되잖아.
그리고 학교에 와서 내 자랑도 그만해.
어제 아침에 할머니 어깨 주물러 주었다고
당신 보고 환하게 웃었다고
아무것도 아닌 일로 창피해 죽겠어.
그러면 오늘은 나랑 공원에 나가서
꽃무늬 몸뻬 입고 사진이나 같이 찍을까?
할머니와 함께라면 나는 어떤 춤도 출 수 있어.

구개음화를 배우는 시간

디귿을 입천장 쪽에서 지읒으로 발음하면
한결 부드럽게 들린다. 물론 참기름을
참지름으로, 형님을 성님으로 말하긴 해도
굳이 행동을 행종으로 바꾸지는 않는다.
다만 오늘 누군가 꽃처럼 꾸며
번떡거리는 종성로* 거릴 걷자 하면
나는 예상 못 한 발화에 웃을지도 모른다.
그러나 금방 돌아서서 후회할 것이다.
산등성이나 산허리에서나
아름답지 않은 꽃은 없고, 조금씩 어긋나면서
맞춰 가는 길이 더 풋풋하기 때문이다.
ㅣ 모음과 만나는 것을 빠뜨렸네 하면
너의 얼굴은 다시 난처한 표정을 짓지만
느티나무를 느치나무로 말하거나
사랑한다는 말을 자랑한다고 반복해도,
진정이 있는 말은 눈으로 듣는다. 정말로
어긋나는 것은 가티와 가치**가 아니다.
바치랑과 반니랑***이 아니다.

서로 다른 방향으로 바라보는 것이다.

『무소유』를 읽는 시간

『무소유』*를 읽다가
종이 치자 너는
복도로 따라 나왔다.
저는 그분처럼 살기 싫어요.
급할 땐 버스에서 내려
택시라도 타야 하는 거잖아요.
물론 그렇지.
다리를 다쳐 병원 가려는데
택시비 아끼려 걸어갈 순 없잖아요.
당연하지.
하지만 어떤 날은
주변을 돌아보며 손 내밀며
천천히 걸어가는 것도 중요하잖아.
언제는 앞만 보고 달리라면서요.
문제는 집착, 그것이
저녁 강의 물살보다 앞서면
밤낮없이 세운 강의 역사도
한순간에 무너질 수 있다는 거지.

너는 너에게 무슨 의미를 부여하며
살아갈 생각인데?

셈법이 복잡한 건 싫어요.
닥치고 돈 벌 거예요.

* 법정 스님 수필집.

못다 핀 꽃 한 송이

아버지가 교통사고로 떠나고
뒤늦게 현장으로 달려간 엄마는
피투성이의 너를 끌어안고 오열했지.
학교와 집으로 너를 직접 태워 다니기 위해
엄마는 뒤늦게 택시 운전사가 되었던가.
벚꽃처럼 밝은 얼굴로 시를 읽고
수학 문제로 하루를 풀어 가는 너를 보며
수많은 나무와 꽃들도 너의 어깨에서 함께 피었지.
말을 잘 뱉어 내기가 힘들어
얼굴에 미소만 가득 담고 있던 너는
조금만 더 참고 웃으면, 모두가
꽃 피는 시간으로 옮겨 가는 줄 알았지.
화장실 가기 그리 쉽지 않은 줄
크게 한 번 웃기 그리 어려운 줄 몰랐지.
그런데 엄마는 너를 태우고 어디로 갔을까.
저녁을 같이 먹고 시내를 한 바퀴 돌고
고향으로 내달렸다는 소문이 무성하고
어느 날부터 너의 시간은 보이지 않았지.

편집되지 않은 필름처럼 세상은 헝클어져
눈에 보이는 것은 언제나 오리무중,
벚꽃은 해마다 다시 왔지만
시간은 너무 쉽게 너를 잊어버리라 했지.
고향의 저수지도 수심에 대해 발설하지 않았지.
빈 택시는 그날 쏟아지는 별들을 얼마나 받아 냈을까.

수학에 대한 변명

세상에서 가장 간단하다 해 놓고
세상에서 가장 어렵게 배우네.
계단 오르듯 천천히 가면 된다 해 놓고
평면의 좌표 위에서 종일 맴돌기만 하네.

모든 학문의 꽃이라고 해 놓고
인간의 어떤 탐구도
수학적으로 보일 수 없다면
참된 학문이라 말할 수 없다 해 놓고
단순하지 않은 삶의 기호를
구름 쌓인 수레바퀴 아래서 종일 풀고만 있네.

아니 이 문제 끝에는 무엇이 있는지
한 번도 생각해 보지 않고
갈 길이 멀다고 자꾸 건너뛰기만 하네.
옆에 쌓인 문제집의 부피에 눌려
매일 수학수학 하면서도 수확하지 못하고
밤낮 미적미적* 하면서도 미적거리기만 하네.

* 수학의 미분과 적분.

무임승차

노트를 빌려 달라기에
내가 거절했다.
빌린 노트로 내 성적보다 더 나으면
너는 무임승차하는 거지.

토론을 열심히 준비해 왔을 때도
너는 무임승차조에서 대기하고 있었잖아.

보고서 때문에 내가 일곱 번 전화했을 때
너는 학원에 있는지 전화도 안 받고
나 혼자 동분서주 숨이 넘어갈까 하는데
너는 왜 우리 조에 이름만 올려?
어이가 없네.
수학적 동기도 없이 수학 성적만 높은 너
어이가 없네.

제3부

라면을
끓이며

꽃밭에서

꽃밭을 걷다가 저 꽃잎으로
빵을 구우면 어떨까, 하고 물었다.
갓 구운 빵을 좋아하는 너는
갑작스러운 나의 제안에 까르르 웃다가
그만 가벼운 방귀 소리를 냈다.
나는 무음의 전화를 받는 척
휴대 전화기를 귀에 댔다가
세상에서 처음 보는 꽃을 발견한 듯
갑자기 카메라를 열고
제비꽃을 몇 번씩이나 찍었다.
옆에 있던 붓꽃이 바람에 못 이긴 척
반쯤 눈을 감고 웃었다.

심폐 소생술

지금 손을 내밀어야 해.
내 앞에 멈춰 선 낯선 몸 시계
나는 소라 같은 귀를 열고
반짝이는 바람의 속삭임을 전해야 해.
구름 위로 날아가는 모자는 내버려 두고
차가운 심장을 깨우는 마법을
어두운 심연 속에서도 출렁거리는
푸른 하늘을 보여 줘야 해.
지금 여기 태양의 손을 모으고
지금 여기 뜨거운 기억의 시간을
펼쳐야 해. 멈춰 선 가슴을 흔들어
더운 꽃씨를 불어넣고
온몸으로 새로운 길이 꽃필 수 있게.

태양의 시간

오호홋 요것 봐라, 요놈들이
의자에서 일어나 밖으로 나가잔다.
누구냐, 내가 입을 열기도 전에
저요 저요, 먼저 길을 내는 녀석들
시간도 되기 전에 운동복으로 갈아입고
운동장을 다 가져라 말하기 전에
책을 덮고 창문을 닫고
교실을 넘어 세상도 날려 버릴 태세,
축구는 온몸을 쏟아부어야 하니
태양은 피해서 하잔 말은 안 통한다.
알았다. 같이 한번 해 보자.
그렇다면 너희가 옆 반을 상대할 수 있겠느냐.
할 수 있어요, 누구도 우릴 넘보지 못해요.
정말이냐 그렇단 말이냐.
사실 져도 재밌잖아요.
이왕이면 이겼으면 좋겠는데 어쩌나.
무엇이든 승화시켜 보라면서요,
그러면 게임의 법칙이 성립 안 되는데,

이렇게 똑똑한 패자가 승자다 태양이다.

로봇 고양이 학교

로봇 고양이 학교는 버튼으로 움직인다.
로봇 고양이 학교의 교실 문을 열면
순식간에 로봇 고양이와 연결된다.
나는 로봇 고양이가 번역한 책을 읽고
로봇 고양이와 탁구를 치고
잠시 헤어질 때도 절제된 동작으로
로봇 고양이와 포옹을 한다.
고양이와 연결되지 않은 기억은
보여 줄 수 없다. 잘 설계된
고양이의 감성이 나에게 흘러온다.
나는 로봇 고양이 학교에서만 자유롭다.

자전거를 타고

자전거가 닿지 않고
자전거가 닮지 못할 길은 없다.
나는 바다가 보이는 언덕에서
자전거를 세우고
지난봄 전학 온 아이를 태웠다.
섬을 흔드는 바람이
내 자전거 뒤로 많은 섬을 연결했다.
자전거를 타고 달리면
내 안이 너무 작아 어떨까 해도
그 아이는 내 안에서
파도 소리가 들린다고 했다.
바다를 향해 손을 흔들면
자전거 바큇살도 출렁대는 여름.

낡은 지우개의 변신

칠판 닦는 당번
요놈이 꽤나 바빴나 보다.
수업 시간이 시작됐는데도
칠판에 피카소와 마그리트가 난무한다.
내가 분필 지우개를 들자
칠판에 분필 가루가 흰 눈처럼 쌓인다.
칠판 닦는 당번을 불러
불쑥 지우개를 정의 내려 보라고 했다.
머뭇거리는 녀석에게 웃으며 다시 물었다.
지우개는 지우는 건가
아니면 이렇게 묻히는 건가.
그러자 녀석은 웃음을 머금고
지우개를 들고 밖으로 나가 깨끗이 털고 온다.
그리고 다소 급하게 칠판을 닦아 나갈 때
그때 알았다.
지우개는 지우거나 묻히는 것이 아니라
무엇인가 자유롭게 그리는 도구임을.
지우개가 지나가는 짧은 순간

칠판에 꽃도 피고 새도 날아오는 것임을
완벽한 미인의 눈은
지우개가 지우며 완성하는 것임을.

라면을 끓이며

면발을 끓는 물에 투하하고
냉장고 채소 칸에
유효 기간이 발랄하지 않은 부추와
고추와 콩나물을 모두 거둬
순서 없이 투박하게 썰어 넣고
남은 계란 하나 살짝 깨트려 넣고
아아 다 끓었다 직관적으로
생각되기 전에 불을 끄고
냄비째로 후루룩 나눠 먹던
그때 그 라면 생각 안 나니?
너는 지금 어디에서
여행 사진 한 장 보내 주지 않고
착신 신호도 꺼 버리고
대체 무슨 암호를 어디로 보내고 있니?
가만히 있으라고 가만히 있는 거니?
지금 라면 물이 펄펄 끓고 있잖아
목요일이면서 금요일인 시곗바늘만
부러져 있는 저녁, 어디야

여기가 너의 바다잖아!

삼청동 식빵집 실습생

빵의 기본은 식빵
밀가루에 대한 계량과
반죽을 치는 속도와 시간에 따라
식빵의 결이 다르지. 아무 생각 없이
우연의 손길로 반죽한 밀가루를
네모난 발효기에 넣고 40분 정도 발효시킨다면
빵도 쿠키도 아닌 슬픔의 물질이 나오는 것
채 익지도 않고 갈라지는 식빵의 틈,
여길 봐 반죽의 온도는 27도
수천 번의 연습으로 우연의 횟수를 줄여야 해,
갓 구운 식빵을 세상에 내놓기 위해선
잠들지 않는 풀빛과 소낙비와
은행잎과 흰 눈송이의 배합이
모두 이 반죽 안으로 녹아들어야 해.
바람처럼 가볍고 촉촉하고 달콤한
식빵으로 대동단결하려면
어디에도 없는 천연의 부드러움을 찾아야 해.
나는 소망하지, 빵을 굽는 일이

어떤 의미인지 아직 잘 몰라도
내가 구운 빵을 매일 너에게 주고 싶다는 것
정말이야, 나의 실습 일지엔
부풀어 오른 뜨거운 생각으로 가득하지.

음악, 어막

음악을 어막이라 말하고
쌀을 살이라 하던 내가 강원도로 전학 갔지.
선생님과 친구들은 가벼운 웃음으로
나의 경상도식 정체성에 대해 호응을 보냈고
나의 말투에 대한 짓궂은 따라 하기는
한동안 탄력적인 유머가 되었지.
나도 금방 그들의 억양과 어조를 따라 하고
내가 뛰어놀던 고향의 운동장을 다 내주었지.
그러나 여름 날씨가 인정 없이 더우면
입속에서 아이고 더버라, 하는 말이
감추고 싶어도 눈깔사탕처럼 튀어나왔지.
순경음 비읍이 뼛속 깊숙이 살아 있는 동네
그래서 경상도 크라운 산도 페르난도 산초로
내 별명의 역사성도 갖게 되었지만
나중에 내가 군대 갔을 때 만났던
역사 전공에 전라도 말이 징하던 사수처럼
나와 다른 것을 가진 매력이 구수해
국어 기본법 속에 방언 보호법을 넣어야 한다고,

지금도 가끔씩 발랄하게 주장하지만
경상도 말이나 전라도 말이 낯선 옛 친구에게
가끔씩 몇 개 국어를 가진 내가 한마디 하지.
후두둑 저무는 저녁 하늘을 향해
마음으 그기 니 꺼나, 보고 싶다 이 가시나야.

발걸음 소리

혜승이는 빠르고 단호하고
목소리가 차분한 동환이는
신발 끝에 힘을 주며 천천히 걷지.
역사에 관심이 많은
광희의 발걸음은 바람 소리를 닮았지.
내가 좋아하는 여자는
공처럼 톡톡 굴러가면서도
빗방울처럼 사선으로
내게 젖어 드는 발걸음 소리를 가졌지.
사과나무는 바람의 발걸음을 기억하고
장미는 태양의 발걸음에 가슴 더워지지.
나가고 들어서는 발걸음 소리가
내 안에서 딱딱 들어맞는다 생각했을 때
어딘가 바람 소리 여울물 소리
조금씩 어긋나기도 하지.
준희야 도훈아, 저리
어긋나듯 함께 출렁이는 것이
어디 발걸음 소리만일까.

정시 정식

우리 집 가훈은
정시에 정식으로 밥 먹자인데

아침에 아빠는 어젯밤 먹던 황태국
혼자 데워 먹고 먼저 나가시고
엄마는 굶거나 식빵 하나 먹고 나가시고
나는 엄마가 접시에 해 둔
계란 프라이 하나 먹고 학교 가네.

저녁에 아빠는 밖에서 먹는 날 많으시고
엄마는 퇴근길 만두 하나로 해결하고
나는 야자 마치고 밤 별 따 먹으며 귀가하네.

밥 한 끼 둘러앉아 같이 먹지 못하고
하루가 바람처럼 휘휘 지나가네.

종의 절멸에 대한 종의 기원

우리 동아리에서 비밀리에 설계한
조그만 기계도시에 봄이 찾아왔어요.
작디작은 기계나무에 흰 꽃이 피고
나무의 가지 끝에 기계나비 날아들었어요.
프로젝트명은 인간에 대한 걱정이에요.

추방당한 인간 영역을 회복하기 위해
어느 봄날 지구의 암호를 가진 한 사내가 왔어요.
사내는 기계도시의 폐쇄에 대해 논의했고
새로 조립한 어느 기계여자, 온전하고 부드럽게
그 사내의 무미건조한 손을 잡았어요. 그녀는
달라진 사랑의 가치에 대해 설명했고 간명했고
지구를 명명하던 기호는 순식간에 정리됐어요.

꽃이 질 듯 꽃이 지지 않는 어느 봄날
인간보다 더 인간적인 기계여자와
기계보다 더 기계 같은 한 사내가
목련나무 아래서 새로운 사랑에 빠졌어요.

새로운 사랑은 새로운 규칙에 따라 움직이는 것
종의 절멸은 새로운 종의 기원에 대한 신호일까요.
마지막 남은 인간들은 사랑에 대해 무지했고,
어느새 단조로운 기계유전자가 지구를 점령했어요.
기계가 아닌 것은 아무것도 안 가진,
모두가 완전하고 규칙적인 사랑을 속삭였어요.
그것은 기계처럼 살다가 기계가 되는 것
이상으로 우리 동아리가 개발한 새로운 게임
인간에 대한 기계의 걱정 편 소개를 마치겠습니다.

나팔꽃 편지

주먹을 내려 줘, 나는 지금 무방비야
내가 너와 겨룰 힘이 생겨서
저 풀밭이 꺼지도록 뒹굴 수 있는
그때까지 기다려 줘. 어쩌면 그런 날이
영원히 안 올지도 몰라.
그러나 여기서 저녁 하늘처럼
저 노을을 뜨겁게 품을 수 있도록 내버려 둬.
내가 세상에서 가장 만만하다고?
그것이 아침에 붉게 피었다 홀로 오므리는
내 뜨거운 시간을 모두 흔들어야 할 이유는
아니잖아. 나에게도 나의 시간이 필요해
내가 너의 울타리를 벗어난 적이 없었다면
이런 일방적 구도는 너의 자존심도 상하게 하는 것
너와 한판 뜨겁게 붙기 위해서도 나를 놓아줘
저 들판에 나가 목청껏 나팔을 불어 젖힐 때까지.

냉전

샌드위치 같이 먹지도 않고
내가 좋아하는 치즈떡볶이
같이 먹지도 않고
오늘 너하고
하루 종일 말 한마디 하지 않았다.

어제 오후 너는 내게 말도 없이
내 남자 친구와 까르르 웃으며 지나갔다.

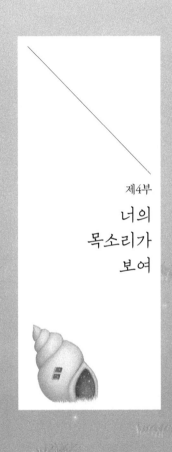

제4부

너의
목소리가
보여

이것도 사랑일까

그 아이에게 물었다.
새로 생긴 우리 동네
패스트푸드점 2층 창가에서.
꽃이 참 아름답지?
어색한 짧은 순간
벚나무 꽃잎 하나가
2층 창가까지 날아올랐다.
잠시 창밖을 보던 그 아이가
유리창에 비친 내 얼굴 위에
손가락으로 흐릿하게 썼다.
이것도 사랑일까.
준비 못 한 나의 꽃말들이
유리창에 하얗게 나부꼈다.

능소화

아빠가 내 곁에 있으니
석양이 저리 눈부신 거잖아.
아빠 옆에서 아무 말 없이
저 저녁 하늘을 보고 있어도
나는 세상을 다 가진 것이 되잖아.
간혹 아빠가 소주 몇 잔으로
가난했지만 가난하지 않았던 시간들을
강물처럼 꺼내 들면
나도 잠시 얼굴이 붉게 일렁이는 거잖아.
세상에 상처 없는 영혼이
어디 있겠느냐며
아빠는 바람에 흔들릴 때마다
나를 감싸 주는 붉은 담장
존재한다는 건 내 곁에 있는 아빠에게
이렇게 조용히 물들어 가는 거잖아.

엉겅퀴꽃

수업 시간 갑자기 화장실 가겠단다.
처음에는 한두 번 그냥 보내다가
어느 순간부터는 삼행시를 짓기로 했다.
기본 운자는 화장실, 가끔은 실장화로 뒤집는다.
급하다고 딴은 후두두 달려 나오는 녀석 봐라,
오늘 운자는 너의 이름 석 자를 거는 거다.
조건은 단 하나, 주변에 작은 울림을 주면 된다.
급하냐, 그렇다면 이번엔 김소월이다.
다음은 김수영, 그다음은 김춘수, 신경림,
앞 시간 다른 아이 감성과 다를 바 없는데?
오 그렇다면, 학교종 라일락 그리움 첫맘때!
느닷없는 운자의 변화에 당황할 때,
그렇지, 간절함이 부족하다면 할 수 없지
제자리로 돌아가 승화시키는 거다.
그러면 한쪽은 환호성, 급한 쪽은 몸을 비튼다.
그러나 그 순간 정말로 이마에 송글송글
간절함이 맺힌 녀석에겐 연습장을 쥐여 준다.
너는 곧장 세상 밖 화장실로 달려 나가

지금 이 순간을 한 편의 짧은 시로 옮겨 와!
복도로 조르르 미끄러져 가는 녀석들아
삶은 무엇이든 간절함이 있어야 통과하는 게임
오늘은 침묵이 돈이다, 쏟아 내라
그러면 오늘 하루, 엉겅퀴꽃들이
엉킨 너희들 둥근 밑을 탐할지 몰라.

너의 목소리가 보여

신호등 앞에 잠시 멈추자
너에게 전화가 왔다.
내부 선으로 연결해 너의 목소리를
가까이 펼쳤다.
서울에 있는 대학으로 편입을 했어요.
아, 그래?
처음엔 기뻤지만 개나리 꽃잎 터지듯
신나는 일만 생긴 건 아니었어요.
그랬겠지, 그래서?
지금은 큰 회사에도 다니지만
대학 생활은 고등학교보다 더 힘든 순간들이었어요.
붉고 아름다운 반달이 아니라
손톱 밑이 하루하루 까맣게 타들어 가는 거예요.
열 손가락이 까매질 때까지 버텼어요.
아아 이 시험들은 언제 끝나는 걸까요.
신호등이 다시 켜질 무렵
시험은 시시각각 오는 거라고 말하지 않았다.
짧은 침묵이 흐르자

너는 다시 사랑을 시작했다고 수줍게 말했다.
너의 말을 자랑스럽게 듣고 있는데
연동되던 신호가 다시 끊어졌다.
저 신호야 금방 풀리겠지만 앞으로 너희들은
신호 없는 시험장을 끝없이 내달리겠구나.
전화를 끊는데 목구멍으로 붉은 해가 걸렸다.
힘내라는 혼잣말이 참 가벼워 보였다.

거울

남자는 살면서 세 번 운다고 했다.
내가 만약 남자라 해도 그럴까.
한 번은 세상에 나올 때라 하나
너무 까마득한 시간이라 모르겠고
두 번째는 부모와 하직할 때라는데
아직 그런 상상 해 본 적이 없고
그래서 곰곰이 고민해 보건대
세 번째는 대체 언제일까 생각해 보니
내게 가장 소중한 거울을 빼앗겼을 때
바로 오늘 같은 날이 아닐까.
오빠와 만나기 세 시간 전
가장 마음에 드는 나를 찾기 위해
거울과 빗을 급하게 꺼냈는데
아뿔싸, 선생님이 거울을 가져오라 하신다.
느닷없이 눈물이 핑그르르,
선생님은 어떤 장식으로 장식하지 않아도
세상에서 가장 빛나는 때라고 하시는데
그래도 나는 거울을 본다.

가끔씩 거울을 봐야 내가 나인 줄 안다.

돈키호테처럼

나의 취향은
가 보지 않은 길에 대해
말하는 것, 의문의 말을 타고
잘된 것은 잘됐다고 말하고
잘못된 것은 잘못됐다고 말하는 것
진입 금지에 대한 진입을 생각하는 것
그리하여 실수도 실패도 하지만
새로운 가능성을 꿈꾸는 것
세상은 둥글다고 주장하다가
세상이 사각형일 때가 증명된다면
깨끗이 인정하는 것, 그러므로
나의 취향은 모든 존재하는 것들과
끊임없이 무릎을 맞대는 것
때로는 사막의 사막으로
끊임없이 걸어 들어가는 것

콧물

정수가 감기에 걸렸다.
기침은 조금 잦아들었지만
오늘 보니 콧물이 꽤 심하다.
봄 햇살에 놀라
처마 끝에 매달린 고드름 녹듯이
내 수학 공책 위에
정수의 콧물 한 방울이 툭 떨어졌다.

지저분하게 이게 뭐야, 하고
나는 즉각적으로 반응하지는 않았다.
미안해, 하지만 며칠 관찰해 보니
이번 콧물은 참 맑네,
콧물이 이리 다양한 줄 몰랐어, 하는
정수의 표정이 생각보다 밝다.
아니 콧물은 어떤 경우에도 콧물일 뿐이야
나는 수학 공책을 덮으며
콧물에 관한 정수의 해석을 거부했다.

문법 시간

고등학교 마치면 절에 가고 싶어요.
절이라니 너무 멀리 나가는 것 아냐?
오래전부터 머리를 곱게 깎고 싶었어요.
무슨 말이야, 머리 깎기 전에
심지 약한 그 마음부터 먼저 깎아야지.
그러자 걱정할 것 없다며 빙긋 웃더니
짧지 않은 마지막 겨울 방학 때
너는 정말 경주 근처 어느 산사로 들어갔지.
아니 너, 똥강아지, 세상 몇 년 살았다고
소동파나 이백* 흉내를 내면 안 되지.
대학 가고 군대 다녀오고
그때까지도 흔들림 없는 길이라면 그때 결정해야지.
갑자기 겨울이 서두르고 눈발이 흩날리고
두 달 정도 아무 소식이 없다가
2월 어느 졸업식 날, 학교에 다닐 때보다
머리카락을 더 짧게 깎고 너는 나타났지.
그리고 빛나는 졸업장을 든 친구들에게
자신이 하고 싶은 일을 잘하며 사는 것도

세상에서 가장 좋은 공부 같다고 말했지.
그래, 시간이 더 흐른 다음에
어딘가 또 다른 곳에서
더 빛나는 너의 가슴을 보고 싶다.
예외 규정이 많아 자꾸 빗나가는 나의 문법 시간.

* 이백과 소동파는 중국 당나라·송나라 때의 뛰어난 시인.

연극이 끝난 뒤

국화가 노랗게 학교를 뒤덮은 날
수없이 연습하고 반복한 일이지만
나는 그만 연극제에서 동선을 놓쳤다.
순간적으로 당황하여 뒤로 물러서다가
이번엔 누나의 가슴과 부딪쳤다.
짧은 순간 준비한 대사가 흐트러지고
연극이 끝난 뒤에도 얼굴이 달아올랐다.
그러나 우리 동아리 냉혹 전사는
앞으로 얼마간 누나라 부르지 말라고 했다.
누나를 누나라 부르지 말라니,
누나를 왜 누나라 못 불러, 연습을
아무리 해도 떨리는 이유는 살피지 않고
내 마음은 연극도 아닌데, 왜 나를 몰라.
국화가 교정을 노랗게 뒤덮은 날
누나는 내 여자야, 라는 말풍선이
하늘을 수없이 수놓은 것도 모르고.

목발놀이

장난이 심한 녀석이 사물함에 부딪혀
왼발 넷째 발가락이 부러졌다.
휘어진 발목을 곧게 돌릴 때 너는
세상을 다 빼앗긴 듯 괴성을 질렀지만
다친 다음 날 체험학습에
친구들과 꼭 같이 가야 한다며
기어코 소백산까지 따라나섰지. 결국
한 달 만에 끝낼 치료를 한 달 넘게 끌었지.
철없는 너의 친구들은 목발을 서로 빼앗아
목발놀이를 하며 깔깔댔지만
목발 짚고 달리기 대회 나가면 우승하겠다며
너에게 짓궂은 격려도 해 줬지만
그래도 같이 장난치던 친구들이
학교 식당에서 대신 식판을 들어 주고
집에 올 때는 무거운 가방도 들어 주었지.
너는 한동안 세상에서
가장 안전한 목발을 가졌다고 우쭐댔지.

우리들의 사소한 식습관

방학 때 친구와 셋이서
무전여행을 떠나기로 했다.
남해로 출발하기 일주일 전
우리는 연습 삼아 하룻밤을 새우기로 했다.
하지만 숟가락을 맞대고
굳은 도원결의를 선언하기도 전에
사소한 식습관으로 틈이 생겼다.
모두 아무것이나 잘 먹는다면서
간장 통닭과 고추장 통닭으로 시간을 끌었고
나도 불쑥 국물이 있다면 좋겠다고 거들었다.
우리 집 옥상에서 바라본 별들은
사소한 것으로 다투지 말라 반짝였지만
우리는 사소한 것으로
사소한 줄다리기를 거듭했다.
남해로 가면 작디작은 멸치들이
속 좁은 우리들을 다 잡아먹을지도 모르겠다.

경주에서 자전거를 타다

그녀와 자전거 두 대 빌려서
계림 숲까지 달렸어요. 잠시
김밥 한 줄 나눠 먹고 목화밭을 지나요.
푸른 왕릉들과 첨성대를 안고 월성을 올라요.
그런데 오르막길에서 그녀를 위해
엉덩이를 높이 들고 속력을 내려다가
잠시 중심을 잃고 넘어질 뻔했어요.
하얀 이를 드러내며 살짝 웃는 그녀에게
자전거 한 대는 따로 세워 두고
내 뒤에 앉으라는 말은 차마 못 했어요.
걸어서 천천히 언덕길을 넘어설 무렵
그녀가 대뜸 내 짐받이에 앉겠다고 말했어요.
나는 갑자기 구름 위로 부풀어 올랐어요.
누가 등 뒤에서 금관 악기를 연주한 걸까요.
안압지에서 다시 돌아 첨성대까지 달렸어요.
경주의 코스모스가 왜 이리 붉을까요.

노란 우산과 날아오르다

우산을 쓰고 면사무소 담 위에서 뛰어내렸다.
아니 나는 노란 날개를 펴고
공중으로 날아오른 셈이다.
개암나무 미루나무에 걸릴 염려 없이
노란 우산과 함께 나는 나비가 된 것이다.

노란 우산이 있어 가능한 건 허공을 믿는다는 것
두 발은 밑으로, 양팔은 옆으로 활짝
모든 대기가 나서서 우산을 떠받칠 때
나는 두둥실 구름 위로 올라선 것이다.

이 도시로 전학 올 때도 그랬다.
나는 분명 나비가 되어 날아오른 것이다.
몇 해가 지나고 조금씩 아래로 아래로
바닥을 알 수 없는 길 위에서 나풀나풀
나는 더 이상 중력을 넘어서지 못했다.
갑자기 늘어난 몸무게 때문만은 아니다.
날개를 접어야 보이는 것들이 길을 이루었다.

발아래 날아오르지 못한 꽃들이 무성하였다.

눈사람

도서관에 앉아
책을 보고 있는 나에게

창밖에 눈이 와,
눈 맑은 눈사람 같은 아이가
눈송이를 털며 하얗게 속삭인다.

나도 책 속에 쌓인 흰 문장을 주워
눈싸움하듯 던져 본다.

눈이 온다고 말하는
너의 눈에서도 눈이 쏟아진다.

환하게 웃으니까
너의 몸에서 눈꽃이
희고 따뜻한 사람꽃이 피어난다.

'엇'의 시간과 로봇 고양이

김상환 시인

1. 그

『단디』(2015, 시인동네)의 시인 한상권이 이번에는 청소년을 독자층으로 하는 시집 『그 아이에게 물었다』를 세상에 내어놓았다. 고등학교 국어 교사이자 시인으로서, 평소 과묵하지만 인정이 많은 그는 돈키호테처럼 일과 모험을 즐긴다. "무엇이 아직도 모험적일 수 있는가?"(하이데거, 「무엇을 위한 시인인가?」)라고 물었을 때 그의 모험은 시간과 밀접한 연관이 있다. 이번 시집에는 '시간'이란 말이 유독 많이 눈에 띈다. "빗나가는 (나의 문법) 시간"(「문법 시간」), "기억의 시간"(「심폐 소생술」), "뜨거운 시간"(「나팔꽃 편지」), "꽃 피는 시간"(「못다 핀 꽃한 송이」), "돌아볼 시간"(「할머니와 함께 춤을」) 등이 그것이다.

이 경우 시간은 자아의 개념과 불가분의 관계에 놓이게 되는데, 청소년기라면 누구라도 그 뜨겁고도 꽃 피는 시간, 아니 빗나간 '엇'의 시간을 거치기 마련이다. '엇'은 말 그대로 '어긋나게' 또는 '삐뚜로'의 뜻을 지니지만 시에 있어 그것은 반(反), 역(逆), 비(非), 현(玄) 등 단순한 부정이나 비판의 측면보다는, 끊임없이 새로움을 추구하는 태도와 방법으로서 부정의 생성을 함의한다. 그러한 '엇'의 시간들을 성찰하는 것은 필요하고 가치 있는 일이다. 감수성이 예민한 성장기의 한때를 어느 한 곳에 정주하지 못한 채 부유(浮遊)한 시인에게 문학의 씨앗은 이미 주어져 있었다. 그리움과 외로움은 독서와 창작은 물론, 끊임없는 자기 자신과의 대화나 질문을 가능하게 했다. 무릎을 사이에 두고 사제 간의 미묘한 심리적 갈등과 연대를 보여 주는 「대명동 소피스트」에서 시인은 결국 타자를 통해 자기 자신을 만난다. 그리고 '아이에게' 묻는다.

2. 아이에게

「헤겔의 휴일」*이라는 그림을 보다가
고것 참, 저 어긋남의 화법에 대해
나도 몰래 웃음을 터뜨리다가
야간자율학습 조퇴를 하러 찾아온 너에게

느닷없이 꿈이 뭐냐고 물어봤잖아.

꿈을 강요받고 있다고 말할 듯

머뭇거리는 너에게, 그러면 우산 위에

유리컵을 세운 저 상상력이 어떠냐고 물었다.

그러자 너는 목마른 화가가 휴가지에서

물을 마시기 직전에 떠올린 수도꼭지 같다고 했다.

내가 웃음을 짓자, 너는 꿈을 말하지 않았다고

꿈을 꾸지 않는 것은 아니라고, 가슴속에

정답 없는 질문거리가 많다고 했다.

그래도 질문을 많이 품고 있으면 괜찮겠다고

당장 답할 수 있는 것이 많지 않아도

모든 질문 때문에 너의 길이 열리겠다고 했다.

갈증은 갈증을 벗어나기 위해 필요한 것

한 개의 답만이 정답인 길로 서두르는 세상과

한 개의 답만이 정답이 아닌 길로 나서려는 너에게

유리컵과 우산 사이에도 많은 길이 있겠다고

자꾸 어긋나도 질문과 질문 사이를 찾아보라고

저 그림이 끊임없이 말하고 있는지도 모르겠다.

　　　　　　　　　　　　　　—「헤겔의 휴일」 전문

＊르네 마그리트의 그림.

'나'에게 '엇'은 물음 그 자체이며 물음의 연속이다. 아니, 상상의 세계와 시간이다. 「헤겔의 휴일」이라는 그림은 화가의 말에 따르면, '어떻게 하면 평범하지 않게 물컵을 보여 줄 수 있을까?' 하는 고민에서 시작되었다고 한다. 그림은 의외로 단순하다. "우산 위에 / 유리컵을 세"워 둔 게 고작이다. 그런 그림을 보고 몰래 웃고 있는 '나'에게 제자인 너는 조퇴를 하겠다는 용무로 찾아온다. '나'는 대뜸 "우산 위에 / 유리컵을 세운 (작가의) 저 상상력"에 대해 묻는다. 너는 "목마른 화가가 휴가지에서 / 물을 마시기 직전에 떠올린 수도꼭지 같다"라고 말한다. 예상 밖의 답이었다. '나'는 정답이 따로 없는 문학과 예술에 대해 물음을 가진 너를 상찬하고 격려한다. 그리고 "유리컵과 우산", "질문과 질문"의 '사이'를 주목하라고 덧붙인다. 그 사이의 존재가 답이라면 답이다.

길을 몰라 방황하는 '엇'의 너에게 이보다 깊고 이보다 아름다운 대화가 있을까, 참된 가르침이 있을까? 그렇다. '엇'은 물음이고 상상이다. 그림에서 외관상 무관해 보이는 두 오브제, 즉 물컵과 우산 사이의 숨겨진 대응 관계를 파악하는 것은 결코 평면적일 수 없다. 그도 그럴 것이 실재의 숨은 깊이를 사유하고 상상하고 발견하는 일은 늘상 새로운 시선과 방법을 요하기 때문이다. 그리고 새로운 시선과 방법, 즉 '엇'의 사유와 상상은 쉼에서 가능한 일이다. 「헤겔의 휴일」은 그런 휴식과 놀이로서의 앎(삶)이 얼마나 의미 있는 일인지, 얼마나 새로운 상상을 가능하게 하는지를 특징적으로 보여 준다. 이번에는 또 다른 놀이의 시편이다.

> 나는 공이 좋아 너를 닮은 공
> 우린 해가 기울어도 공을 던지지
> 나는 공이 좋아 허공을 흔드는 공
> 너와 함께 공중으로 손을 뻗으면
> 아직 몰라도 되는 허공이란 없지
> 나는 공이 좋아 광활한 허공
> 공중에서 너와 부딪치는 전율
> 나는 뛰어오를 거야,
> 너와 함께 어떤 것도 반짝이는 지금
>
> —「농구공」 전문

　짧지만 사유와 감각이 돋보이는 이 시에서 '농구공'은 흔한 사물 가운데 하나가 아니다. 공[球]은 공(空)이다. 그 "(허)공을 흔드는 공"에는 무엇보다 유희의 즐거움이 전제되어 있다. 공이 좋아 공을 닮은 너와 '나'는 공으로 하나가 된다. 그런즉 우리는 "해가 기울어도 공을 던"진다. 이러한 일련의 행위는 "공중에서 너와 부딪치는 전율"에서 절정을 이루고 있다. 그야말로 "너와 함께 (그) 어떤 것도 반짝이는 지금" 이 순간이다. 너에게 이제 저 "광활한 허공"은 더 이상 두려움의 장소나 허무의 공간이 아니라 놀이의 장(場)이자, 꿈의 터전으로 변모한다.

다음 시는 또 어떤가.

학교 화단에 앉아
정육면체 모양으로 흙을 파 보았다.
마치 모종삽으로 빚은
초콜릿케이크 같다.
작은 돌조각과 나무뿌리와
나무의 숨소리가 층층이 붙어 있다.
가까이 코를 대 보면
어린잎 냄새가 다가온다.
약간의 습기까지 품고 있어서
틀림없이 온갖 토양 미생물들이
수많은 날 햇빛과 빗물과
동물의 뼈를 감싸 안았을 것이다.
모두 둘러앉아
흙을 눈과 손으로 이해하는 시간,
흙이 이리 맛있게 보이다니
나는 층층이 쌓인 흙을 입에 대고
꽃과 나무가 요리한 흙의 저녁을
이리 맛있게 맞이하는 것이다.

—「흙을 요리하다」 전문

시의 맛은 흙의 맛이다. 고작 모종삽으로 화단의 흙을 파 보았을 뿐인데, '나'는 여기서 켜켜이 붙어 있는 나무의 뿌리와 숨소리를 보게 된다. 가까이 코를 대며 어린잎의 냄새를 맡는다. 거기엔 해와 비와 뼈가 있었다. 아이들과 '나'는 흙이라는 초콜릿케이크를 맛있게 먹는다. 대지에 펼쳐진 저녁상이 저토록 풍성한 것은 대지가 나를 귀한 손님맞이하듯 맞아들인 때문이다. 살아 있는 눈과 손으로 이해하고 대면하는 흙은 가장 비루하면서도 실상은 혼돈과 신비를 표상한다. 흙은 모든 것이 뒤섞여 있는 '엇'의 결정체다. 꽃과 나무는 흙의 자식들이며 그 흙은 맛의 근원이다. 그런 점에서 이 시는 빛과 색과 소리와 향기가 뒤섞인 '엇'의 세계와 의미를 지닌다.

제빵의 과정도 이와 다르지 않다. "밀가루에 대한 계량과 / 반죽을 치는 속도와 시간에 따라 / 식빵의 결이 다르지. …… 갓 구운 식빵을 세상에 내놓기 위해선 / 잠들지 않는 풀빛과 소낙비와 / 은행잎과 흰 눈송이의 배합이 / 모두 이 반죽 안으로 녹아들어야 해."(「삼청동 식빵집 실습생」)에서 보듯이, 빵의 반죽 과정은 단순한 물리적·화학적 혼합을 넘어서 있다. 거기엔 "풀빛과 소낙비와 / 은행잎과 흰 눈송이" 등 온갖 유무형의 것들이 내재해 있다. 빵의 고유한 무늬와 결 또한 양과 속도와 시간에 따라 시시각각으로 변한다. 빵이 완성되는 과정에서 '엇'의 시간은 궁극적인 물음의 근거이자 현묘한 세계에 속한다. 배움의 도상에 있는 우리 청소년들에게 정작 필요한 것은, "이

문제 끝에는 무엇이 있는지"(「수학에 대한 변명」)를 끊임없이 사유하고 관찰하고 몽상하는 일이다. 그래서 아이는 "섬을 흔드는 바람"에도 묻는다.

> 자전거가 닿지 않고
> 자전거가 담지 못할 길은 없다.
> 나는 바다가 보이는 언덕에서
> 자전거를 세우고
> 지난봄 전학 온 아이를 태웠다.
> 섬을 흔드는 바람이
> 내 자전거 뒤로 많은 섬을 연결했다.
> 자전거를 타고 달리면
> 내 안이 너무 작아 어떨까 해도
> 그 아이는 내 안에서
> 파도 소리가 들린다고 했다.
> 바다를 향해 손을 흔들면
> 자전거 바큇살도 출렁대는 여름.
>
> ―「자전거를 타고」 전문

여름은 열음, 즉 열림의 계절이다. '나'와 (그) 아이 사이에는 마음이 열려 있어 둘이라는 하나가 된다. '나'는 "자전거가 닿지 않고 / 자전거가 담지 못할 길은 없다."라고 말한다. 모든 길은 통하고, 모든 것은 이어져 있다. 존재의 이음을 위주로 한 이 시에서 '나'는 전학 온 아이를 자전거 뒤에 태우고 바다가 바라다 보이는 언덕을 지나 곧장 달린다. 바람이 분다. 점점이 떨어진 섬이 하나로 이어진다. 아이는 자신의 안에서 파도 소리를 듣는다. '나'와 아이, 그리고 바다는 이제 하나의 선이고 하나의 몸이다. 여기에는 원환을 그리며 구르는 자전거가 매개로 주어져 있다. 자전거는 더 이상 교통수단이 아니라 세계에 대한 물음으로 차고 넘치는 아이와 '나'를 이어 주는 마음의 수레다. 섬을 흔드는 바람과 파도 소리는 아이들의 꿈과 노래이며 자전거 바큇살이다.

'나'는 갑자기 「왼발을 위한 세레나데」가 부르고 싶어진다. 순간, 오른발-왼발, 좌-우는 경쟁과 대립의 상태가 아니라 서로를 호명하는 아름다운 저녁의 연인이 된다. '나'와 그 아이에게 '엇'의 시간은 이처럼 순하고, 이처럼 반짝이는 사금파리와도 같다. 이어짐의 사유와 상상력은 나만의 학교에서 나만의 공부와 나만의 발견을 원하며, 그것은 인간과 기계에로까지 확장된다.

로봇 고양이 학교는 버튼으로 움직인다.
로봇 고양이 학교의 교실 문을 열면
순식간에 로봇 고양이와 연결된다.
나는 로봇 고양이가 번역한 책을 읽고

로봇 고양이와 탁구를 치고
잠시 헤어질 때도 절제된 동작으로
로봇 고양이와 포옹을 한다.
고양이와 연결되지 않은 기억은
보여 줄 수 없다. 잘 설계된
고양이의 감성이 나에게 흘러온다.
나는 로봇 고양이 학교에서만 자유롭다.
　　　　　　　　　　　　　—「로봇 고양이 학교」 전문

'나'의 상상은 '로봇 고양이'에 있다. 녀석은 모든 게 자동화된 상태다. 버튼 하나만 누르면 끝이다. "로봇 고양이가 번역한 책을 읽고 / 로봇 고양이와 탁구를 치고 …… 로봇 고양이와 포옹을" 한다. 심지어는 녀석의 감성마저 흘러 들어온다. "(로봇) 고양이와 연결되지 않은 기억"은 이제 더 이상 존재하지 않는다. '로봇 고양이가' 로봇과 고양이의 합성어라면, 그것은 사물과 동물, 무생물과 생물이 합쳐진 말이다. 즉, 유(有)와 무(無)가 하나로 통합된 새로운 존재를 의미한다. 내가 꿈꾸는 세계는 무와 일방적으로 대립되는 유가 아니다. 새로운 유로서 제삼의 장소는 이런 유무가 보다 높은 차원에서 생성되는 미지의 영역을 말한다. 여기서는 그 "어떤 것도 반짝이는" 영원한 현재이며 영원한 지금이 된다. '나'는 "로봇 고양이 학교에서만 자유"로운 영혼이다. '나'는 모든 허위와 가식, 일상의 틀을 무너뜨리고 무화시키는 순간에 탄생하는 생명이다. 한 그루 나무다. 그 생명나무는 '엇'의 시간 속에서 발아하고 양육되며, 마침내 열매를 맺는다. '나'는 아무 것도 아닌 동시에 모든 것이다. '나'에게 불가능의 가능성은 더없이 소중한 가치이며 로봇 고양이다.

3. 물었다

「헤겔의 휴일」과 「농구공」의 놀이, 「지각대장 한스의 거짓말」, 그리고 「로봇 고양이 학교」의 비밀을 일러 준 그를 만난 건 내게 큰 기쁨이자 행운이다. 그는 '나'에게 자연과 자유, 시간과 생명, 고독과 자의식, 참교육을 일깨워 준 진정한 '대명동 소피스트'다. 독서와 여행의 시인 한상권의 눈은 깊고 따뜻하다. 그런 눈으로는 포착하지 못할 게 없다. 그런가 하면, 그의 시는 어른 아이 가릴 것 없이 한번 손에 잡게 되면 끝까지 읽게 되는 마력과 매력이 있다. 이번 시집 또한 예외가 아니다. 물음과 놀이의 협력 학습이 따로 없다. 쉬우면서도 쉽지 않은 그의 언어와 세계를 마주하게 되면, 『꽃들에게 희망을』(트리나 폴러스)을 다시 대하는 듯하다. 꽃들에게 희망인 나비, 그것은 어둠 속의 애벌레가 누에고치가 되는 힘든 과정을 통과해서야 가능한 빛이다. 애벌레의 말처럼, 우리 삶에는 보다 나은 무엇이 있다. 그리고 자기 내부에는 이미 한 마리 나비가 있다. 그것은 우리 시와 삶의 진실이자 교육의 희망이다.

시인의 말

겨울나무는 가지 하나 뻗으려고 온몸을 털털 쏟아붓는다. 그러다가 몸살이 나겠다 해도 아랑곳하지 않는다. 그때 햇살도 바람도 함께한다. 봄날의 저 나무는 누구의 눈치도 보지 않으니 잎이며 가지며 제 모습 그대로 자연스럽다. 나무의 힘이다.

연암은 조선 시대에 '까마귀는 까맣다.'에 갇혀 있지 않고 푸른 까마귀와 붉은 까마귀를 인식했다. 모네의 정원에는 수련이나 라일락이 있었겠지만 그는 같은 자리에서 시시각각 달라지는 자연을 그렸다. 연암과 모네의 힘이다.

그런데 그게 어디 쉬운 일인가. 어떤 길이든 하나의 생각에 골몰하거나 하나의 생각에 갇히지 않아야 자연스럽다. 그런데 우리는 왜 이리 불안한가. 우리는 다른 나무와 다른 바다와 다른 주체들과 어울리기보다 비교 우위만 셈한다. 세상에 아름다운 풍경은 넘쳐 나는데 주변에서는 끊임없이 유사 정답만 강요한다.

문화든 제도든 자연스러움을 잃으면 불편해진다. 그렇게 되면 '나'는 '나'이지만 외부의 시선만큼만 '나'인 경우가 된다. '나'를 '나'이게 하는 것은 자연스러움이다. 주변에 대한 넘치는 사유보다 자신만의 세계에 집중하는 것, 거기서 뿜어 나오는 자연스러움은 어디를 보아도 아름답다.

그런 생각의 지점에서 이 시집을 묶었다. 당연히 다양하고 자연스러운 아이들의 모습을 담으려 했다. 상처를 나눌 줄 알고 자신의 생각으로 생각의 기둥을 세우려는 아이들 말이다. "명찰이 없다고 존재가 사라지나요?"라고 눈이 동그래졌다가, '삼선쓰레빠'에 감정 이입하고, "이것도 사랑일까?"라는 말에 얼굴이 붉어진다. 그러나 여전히 아이들을 수동적인 범주에 가두려는 시선들이 적지 않다. 그렇게 되면 아이들은 자신만의 날개도 언어도 멈추고 호랑애벌레처럼 거대한 벌레 기둥 위로 휩쓸린다.

그래서일까. 돈키호테는 지금도 "이룩할 수 없는 꿈을 꾸고, 이루어질 수 없는 사랑을 하고, 싸워 이길 수 없는 적과 싸움을 하고, 견딜 수 없는 고통을 견디며, 잡을 수 없는 저 하늘의 별을 잡자."라고 한다. 우리도 어느 순간 조금씩 꿈틀대는 '나'를 발견한다면 좋겠다. 누구에게나 성장기는 아프고도 아름답다. 그런데 또 누군가는 이 시기를 평균적 고민만 하고 지나간다.

사람은 어떤 행동을 함으로써 타인에게 해를 끼치기도 하지만 어떤 행동도 행하지 않음으로써 해를 끼치기도 한다. 좋다. 그렇다면 일단 사랑을 하겠다고 선언해 보자. 나와 나무를 사랑하고 내 옆에 있는 사람의 그늘과 웃음을 사랑하자. 그러니 늦기 전에 더 늦지 않게 사랑한다고 고백하자. 그리고 사랑한다면 절문근사(切問近思, 간절한 마음으로 묻고 가까이 있는 것부터 깊이 생각함), 자아와 세계를 향해 끊임없이 질문을 하는 거다. 모순과 갈등을 만나도 묻고 또 묻는 거다. 그것이 자연스러움에 응답하는 출발점이다. 세상에서 나를 가장 사랑해 줄 사람은 바로 '나'이다. 나는 57편의 시를 얻기 위해 더 많은 시들을 떠나보냈다. 바람이 분다, 나는 고독하지만 자유롭다.

이 길 지나면 어느새 바다
한상권

창비청소년시선 12

그 아이에게 물었다

초판 1쇄 발행 • 2018년 3월 5일
초판 5쇄 발행 • 2024년 5월 16일

지은이 • 한상권
펴낸이 • 김종곤
책임편집 • 서영희·정편집실
펴낸곳 • (주)창비교육
등록 • 2014년 6월 20일 제2014-000183호
주소 • 04004 서울특별시 마포구 월드컵로12길 7
전화 • 1833-7247
팩스 • 영업 070-4838-4938 / 편집 02-6949-0953
홈페이지 • www.changbiedu.com
전자우편 • contents@changbi.com

ⓒ 한상권 2018
ISBN 979-11-86367-86-5 44810